JN060724

# 淡黄

*Tanko*

山中律雄歌集

Yamanaka Ritsuyu

現代短歌社

# 目次

# 淡黄

## 未生

海上に雲去りゆきてはつ夏の風吹く街は空軽くなる

ひとしきり疾風《はやち》に揺れて竹群はとどまる雨のなごりを払ふ

おもふさまとどろきくだる大滝はこよなき風を送りてやまず

エスカレーターくだりつつゐてすぢかひに昇るをみなの顔ぬすみ見つ

少しづつわれより離《さか》るちちははとおもひて朝の仏飯供ふ

忙しく過ごして見舞ひ怠れば恩ある人の不意
に身罷る

夜の街を吹きわたる風さしあたりその一端が
わが窓を打つ

くぐもりて廊下にこゑの聞ゆるは何か悪事を
たくらむに似る

すれ違ふときにかすかにそよぎたつをみなの
香りかなしきものを

ねむるとも覚むるともなきぬくとさのここち
よければ未生のごとし

諍へることなくふたり暮しゐて妻よあなたは
しあはせですか

## 饒舌

北国のとぼしき冬の日に乾して脂のあまき鮭の身ねぶる

産卵のはたはた浜に押しよせてひと月冬の風なまぐさし

そのままの姿に外へ出でゆけるよそほひせよ
と子に妻が言ふ

いくばくかねぢまげられて伝はれるわれの言
葉は今だれが聞く

白梅のなかに花咲く紅梅のこの饒舌はこころ
よからず

雪どけのみづ満ちわたる峡の田に桜のはなの
ひかりつつ散る

大酒の治療に日日を過ごすとふ便りありしが
ふたたびは来ず

大きなる鯉のあふりにたゆたへる水の濁りは
しばしにて澄む

一瞬のうちに明るく駅過ぎて特急列車また闇をゆく

出張のわれにかかはりなき花火何としらねど朝よりひびく

同級のつどひに出でて過ぎし日のおのれに今の友人に会ふ

雨の日は午はやくより灯しゐて昼夜のさかひなく夜となる

にちにちの負担になるは明らかに蘭の花鉢もらはずに来つ

## 追悼

梅雨ふかき頃ほひにしてけふもまた街やはらかく霧にまぎるる

長距離のバスに揺られて四時間の時のうつろひ人らと分かつ

翳のごとき黒きひとつのかたまりに暗がりの
なか少女らがゐる

寝ねぎはに浮びし一首ひと夜さの眠りに溶け
てよみがへり来ず

いづこより飛び来し蝶か怪しむといふいとま
なくわれを離るる

夏青葉しげる木下をゆくときに傘打つあめの
音とほざかる

おろそかにひととせ過ぎて追悼の八月六日迎
ふるわれは

国のため戦死者生るる法律の是非わからねば
深くおもはず

炎天の街樹の蔭のなかをゆくこのありふれし
幸をよろこべ

夏の日を言訳にして怠れば裏畑の草ひざ丈を
越ゆ

朝朝にかぞへて妻と楽しむにあさがほの花き
のふより減る

## 酔人

街灯にすがたあかるく現れし人がふたたび闇に入りゆく

駅中のベンチに眠る酔人は覚めておのれのぶざま恥ぢんか

朝覚めてとどまる夢も些事いくつ重ねゐる間にわれより離《さか》る

秋の日のあかるき恵みうしなひて地下への長き階段くだる

海鮮を食ひてことさら生ぐさき口を納めの梨にきよむる

昼ちかくなりてやうやくとどく日が谷あひに
立つ無縁墓照らす

コスモスの白き残花におとろへて蝶のまつは
るこの夕まぐれ

しろじろと満月照りて秋天の星のひかりをな
ほざりにする

とむらひの挨拶述ぶる若もののその父に似る
こゑ怪しまず

余話

霜月の風さむき村かみしものはづれに赤き山
茶花ひらく

老きざすあはれは些事にあらはれてけふは留
守居の孤独を厭ふ

不快なる行為とかつて見てゐしが茶にて食後
の口中濯ぐ

往来を遠まはりしていくばくか出迎へまでの
時間をかせぐ

をみならはバス降りゆきてそれとなく聞きゐ
し余話の続きを惜しむ

建物はみないぶかしく飛行機に見下ろす臨海
工場地帯

真椿の落花おほひて降る雪に重ねて散れる朱《あけ》
みづみづし

とりあへず世事のわづらひ遠ざけて雪降る夜
の湯泉にゐる

夜の闇にまなこなじみて冬空にまたたく星の
数おほくなる

暖房のゆきわたるまで牀にゐて朝《あした》の夢のなご
り楽しむ

雛

樟脳のかすかに匂ひたつ雛をかざりてひと間
しづかになりぬ

三月の空に幾重もこだましてて震災悼むサイレ
ンひびく

震災の津波に逝きし人あはれ型ひとつなる位牌がならぶ

大学を子ら終へしよりわがうちの時間の尺度あはあはとなる

東西の出口つなげばデパートを駅とおもひて疑ひもせず

酒飲みしいきほひに説く正論の正論なれど受け入れがたし

幾十の木蓮咲きて宵闇にまじらひがたき花の純白

飛行機の地より離るるその刹那われはうつつの重さうしなふ

ことごとく人吐き出して終点にふたたび人を
待つ夜のバス

## 放棄田

日あたりの違ひに早く花ひらく桜の下にきて
妻と立つ

花びらの浮く水たまり越ゆるなど桜並木の道
はたのしも

桜木をわたる春かぜ散る花は池のくまみに移ろひて浮く

間近なる田植ひかへてみなぎれば水はこの朝しづもり難し

今年また放棄田増えて水張田のかたへはひかり重き一画

この春もやうやく闌けて菜の花の畑は黄色あ
かるくなりぬ

螺旋

溢れだすまで水やりて鉢植の花あぢさゐに無
沙汰を詫ぶる
遠近の山おもむろに寄り合ひて真夏の宵の闇
に溶けゆく

手花火の消えて傷口ふさぐごとふたたび深き
闇もどり来ぬ

亡き父の縁にまじはり得し人も代替りしてこ
の頃会はず

とむらひはきのふに過ぎて白菊の供花あたら
しき木下の墓は

螺旋なる思ひめぐらす朝顔に今朝は二十と余
の花が咲く

眼鏡《がんきやう》をかけて三日目あたらしき視界に慣れて
通りをあゆむ

街路樹の枝はらはれて往来に差す影たわいな
きものとなる

ステーキの添へものにして初めての野菜は名
前覚えがたしも

こじあけるごとく電車に乗り来しが戸口の男
やすらがぬらし

一両目最前列に座りゐて電車が時間追ひゆく
を見る

かたむきて立つ孟宗の葉の先に吐息ほどなる風ふれて過ぐ

強弱の弱の間隔なくなりて台風のあめ土砂降りとなる

映像にうつしださるる台風の渦の真下に夜の灯ともす

谷あひの空いつせいに渡りゆくもみぢ幾千幾千の風

百神

ざわざわと秋風吹きてみづうみに月のひかりの鱗がうごく

捨て犬を育てゐし老おところへて犬ともどもに移りてゆきぬ

父よ母よわれひとり来て草はらに秋の青空見上げてゐます

葦原をつらぬく細き道ゆけばライスシャワーのごとき風音

神あまた棲む山のした百《もも》神《がみ》といふ村ありて善き人ら住む

ことごとく黄葉の散りて街路樹の公孫樹はこの日一年を閉づ

バランスを取らんがために立たされて後列端に写真撮らるる

六度目の戌年にして運あらばまた一二度はめぐりて来んか

早生れゆゑに一歳年上の同級生と還暦いはふ

冬支度

わがうちに溶けて頓服めぐらんか朝よりつづく頭痛やはらぐ

ねんごろに老眼鏡をぬぐひゐて時に急かるる思ひは何か

ことごとく草はら伏して晩秋の風はひすがら
息ながく吹く

雪近き日日とおもへど山茶花のくれなゐの花
きほふ寂しさ

菰を巻く墓などありて浜の辺の村はおほよそ
冬支度終ふ

かかはりのなき声なれど歳晩の市に客引く勢ひはよし

今生のつひ告げられて病む友も事なきわれも時とどまらず

引き取れる人なく逝きし友のありをとこをみなの相関の果て

ゆきかへる人のかんばせあかるきは往来の雪
ひかりを返す

天辺

雪とけて重なりあへる枯葦にかくれて水のゆく音きこゆ

近道のつもりにゆきておもほえずあざむかれたる時間を惜しむ

微睡みのなかより不意に出でゆきて朝鳥のこゑおもてに聞ゆ

しろうをの透きとほる身をはかなめど口にはこべば口がよろこぶ

さりげなく置かれて人の飲食《おんじき》のさまを遮る朱竹の鉢は

まどろみて電車にをれば踏切の音近づきて音とほざかる

横断をうながす楽の鳴りいでてとどまりゐたる人群うごく

みづからをなぐさむるごと始まりて弔辞は涙声にて終る

天辺といふ真夜中の十二時を越えて二次会お
開きとなる

春はやき参道ゆけり朽ちはてて裏おもてなき
落葉踏みつつ

あるはずの村みえぬまで湧きたちて夕べの霧
は谷間をおほふ

高原に果てなく並ぶ甘藍はなにを畳みて育ちたりしか

おのづからなる距離にして野良猫と老女が春の日を浴びてゐる

湯泉

湯上りのビール一杯こよなしと言へば人らが
相づちを打つ

赤黒く耳日焼けしてこの老は海にひと世を過
ごしたるらし

次次にわが上越ゆる海鳥を百まで数へ湯ぶね
より出づ

象潟《きさかた》の浜ちかく湧く湯泉の塩強ければ日をあ
けて入る

# 桜

白桃の酒試さんとさかづきの香りほのかなものをぞふふむ

稲荷塚移して建てしスーパーの果てし当然ひとびとが言ふ

朝明けの早くなりしをよろこびて午前四時早
や鳴く鳥のこゑ

あたたかき光に咲きてけふひと日桜に時の移
ろひ早し

満開の散るよりほかになき花の桜は息をひそ
めてあふげ

繰りかへし池の面を打つ噴水が五月の風の音をさへぎる

ここよりはふたてに流れゆくみづの何うるほして海に至らん

うつし世と夢のあひだを行き来して牀に過ごせば空明けてくる

## マンゴー

茶毘ののち灰に残らん金属の螺子を埋めきて歯科より戻る

追熟を待てと言はれしマンゴーをその日に食ひてほぼ無駄にする

橙《だいだい》の味噌つけて食ふ蛍烏賊ちさき眼が歯にあらがひぬ

つかの間の昼の眠りに十《と》年《とせ》ほど時さかのぼり亡き母と会ふ

ものの影人のすがたのまさやかに見えて秋日の差す頃となる

台風の過ぎしはきのふ平らぎてけふは力のなき海の面よ

次次に沼に降り来て水鳥はほどなくからだ寄せ合ひて浮く

斎場に友送りきて夜の湯にたちまち馴染むうつしみあはれ

虹鱒をやしなふ池に幅ひろくそそぎて水はこゑをつつしむ

さやさやと風渡りきてさえざえと通り雨過ぐ秋の野原は

相席

たまたまに街におもへば駅なかを飛ぶ猛《たけ》き鳩
いつよりか見ず

散りぢりに遊びゐし児は集められいま一列に
号令を受く

街路樹のもみぢは散りて散りはてず風なききのふ風あるこの日

ともし灯のこぞりてゐしが午後九時を過ぎてにはかに病院暗し

高原にひと日過ごししわれの眼に街の具象はわづらはしけれ

装ひにかかはりあれば朝昼の気温の幅を妻が
気にする

耳もとを飛ぶ秋の蚊にたとへつつ小言のおほ
き人をさげすむ

からきもの食ひたる咎に起き出でて夜の厨に
また水を飲む

すべのなき縁《えにし》にけふは来し方の良からぬ人と
相席になる

在りし日の母を偲べば面影はいつも遺影にい
たりて終る

## 手澤

これの世の人の手澤《しゆたく》に光りゐる賓頭盧《びんづる》もまた
あはれなるかな

きのふより花かず増えて白梅の香のたゆたへ
る路地の一画

木木いまだ芽吹かぬ山に咲きいでて桜の所在
あきらかになる

真夜中に覚めて眠りを待ちゐるはふたたび闇
に入りゆくごとし

忘れゐしことのやにはに還るごと不意なるひ
かり海原に差す

とむらひの花輪を飾る家ありて庭にあまたの
洗ひもの干す

わがうちの響きとなれる雨音と思ひつつゐて
眠りたりしか

幾たびも共に食事をせし人のもの食ふ姿なに
ゆゑ厭ふ

十年はたちまち過ぎて亡き父を問はるること
も言ふこともなし

帰り道

平成に生まれし娘令和なる元年五月一日嫁ぐ

空を見てつぐみゐる子のいよいよにこらへきれねば涙を流す

嫁ぎたる子を見送りし帰り道われとわが妻言葉かはさず

もの言へば涙出でくる予感してつぐみたるまま家に帰り来

鳥鍋

おほよそは時の経過に浄まれどきよまりがたき追憶ひとつ

子どもらが授業に植ゑて花ひらく朝顔はけふ蝶をいざなふ

若きらのきらびやかなるネイルさへ見慣れて
いまは拘りあらず

人の為あるいはこれの世のためと思ひて成し
し事などありや

夕立のそれよりのちは土冷えて汗出づるなき
ひと夜を過ごす

ひとり住む老女逝きたる庭畑の荒草たけて夏しどけなし

映像に安保を語るしたり顔闇に返してねむらんとする

朝霧に濡るる自動車エンジンのうごくひとつは早く乾かん

秋冷にうながされたる鳥鍋をかこみて友ら燗酒すすむ

独語

施《せ》餓《が》鬼《き》会《ゑ》の斎《とき》の残りを持ちかへる老をうとみしが今こだはらず

苔搔きて指にたどれる僧の墓文化五年の遷《せん》化《げ》を刻む

諍ふといふにはあらずさはいへど虫の好かぬは互《かた》みなるべし

秋空の底ひをなせる黒雲のとどまりて降る半日のあめ

行き千歩帰り千歩といくばくの坂道を来て沼のべに立つ

大なゐにさきがけて鳴るケータイはよそ事思ふことを宥さず

こころざしどうでもよくて還暦を過ぎていちにちいちにち迅し

声たかく魚あきなふ傍らをゆきて負ひ目に似るこころ湧く

テーブルを挟みつつゐてそれとなきわれの独
語を妻聞き返す

夜と朝の境にしるし打つごとくうす暗がりに
野の鳥が鳴く

ランチ

あぢさゐの大き花まり連日の雨のめぐみに藍ふかくなる

亡きのちは早き七年生きゐては長き七年母の忌が来る

大山にとどまりゐしがきはまりて麓に絶え間なくみづが湧く

雨の日のぬるき出湯に浸りゐて硫黄の匂ひわれをさいなむ

高原の夜のねむりにたつ夢も茶飯の範囲出づることなし

いさぎよき反復にしておほいなる岩に砕くる
うしほの波は

冷房をいれて空気の引き締まる部屋をいとひ
て猫が出でゆく

菜園にそだつトマトも色づきて向日葵たかく
咲く頃となる

夏の日のつよき光を厭はざる人ゐて外の卓に
飯食ふ

よそほひて出でゆく妻が口紅をひかぬはラン
チ楽しむためか

しなやかに揉み合ひゐしが木木の葉は大暑む
かへて音堅くなる

悲哀

コロナ禍にやむなく止めし祝言のキャンセル
料のリアルがこれか
婚礼の式なさぬまま暮らす子の悲哀もやがて
生活《たづき》に解けん

ちちははを言ふ人ありて亡きのちも終の安らぎ得ざるちちはは

逝きしより七年過ぎてわが母の痕跡およそ家より消ゆる

大雨に倒れし稲穂たばねゐる人あり近き刈り入れのため

山茶花の垣の向かうは観光の寺にて人のこゑ
絶ゆるなし

滅びゆくものの勢ひありありともみぢ燃えた
つごとき一樹ぞ

渡りくる真昼の風に大槻のくれなゐの葉はこ
ずゑより散る

淡黄

用なくてわれに寄りくるもののあり鳩よお前も寂しからんか

夜の雨にさいなまれたる柊のしろき小花が庭土に散る

箒目の残る砂上の真椿は散りたる花もうひうひしけれ

若き日のわれの努力をこの頃は気負ひて子らに言ふこともなし

老いてより良きことひとつだになきを言ひゐし父の言葉諾ふ

墨染めの僧衣まとひて乗るバスのわれの傍へ
に人は座らず

そのときの加減におなじ色のなき草木に染め
し袈裟の淡黄《たんくわう》

生まれきてひとしくこの世去りゆくを思へば
人に甲乙あらず

若ければこころ踊らん経験も歳たけていまは
ただ事となる

野良猫

雪ふかく積もれる山の宿閉ぢて湯はおもふさま溢れつつゐん

おもむろに雲去りゆきて月の夜の街はふたたび影とりもどす

ひとせに逝きし人らもわが裡を移ろふ時の
かたちといはん

ただよへる煙のごとく降りいでて雨はしばら
く言葉を持たず

平面に見ゆる広場の幾ところ雨残れるは起伏
あるらし

時永き平和のうちに老いそめて何が幸せとい
ふも分からず

そこばくの時間に昼の飯終へてビルに戻りて
ゆく人らあり

黒白の毛のそそけたる野良猫は風吹く音に身
をかたくする

## 棚田

やや遠き白梅みつつ歩みきて花の香あはきかたへを過ぎつ

幾たびも積もりて消えてこの冬の雪は三月半ばに終る

あたたかきひと日いつきに咲きいでて桜の花
にためらひのなし

満開とおもひて桜あふぎしが二日経てけふか
がやきを増す

いくところ林檎畑にたつ煙春おぼろなる空に
まぎるる

雲しづむ山より流れ来しみづのけふは棚田の
二枚目ひたす

風荒きにちにちにして泥みづのをさまりがた
く田植進まず

みづからの重さ楽しむありさまに風やみてな
ほゆるる山藤

鳥のこゑ風の音などわが耳に意味をもたざるものは清しも

沼の面にたちて移ろひ来し波の岸に到りて葦群に消ゆ

夜には夜の昼には昼の風吹けば風を集めてさわだつ街樹

地下鉄の電車の窓にとどまりて地上のあめの名残がひかる

コロナ禍に家より出づることなくて季節の秩序淡きまま過ぐ

手続きの煩雑なれば支援金もらはずにここのバー閉ぢしとぞ

人づきあひ

祭礼のまへのしづけさ思はしめ白さえざえと
花水木咲く

すぐそこのビルさへおぼろとどまりて線状降
水帯の雨降る

たまたまに会ひてふたたび始まれる人づきあひの煩はしけれ

いつはりのなきわがこころ打ちあけて後悔ふかく幾日を過ごす

いくつかの手立ておもへど責任のなきことなれば先は思はず

ゆらゆらと吊らるる大き鉄骨の下ろされて空の緊張ゆるぶ

すぎゆきを顧みてわが連れ合ひに詫びねばならぬこと多くあり

つづまりは懺悔に人は救はれず悔おほきままわれも逝くべし

今年また梅雨入りとなるしみじみと天地十方
霧に沈みて

逝きしより十年を経てちちははの思ひ出もま
た類型となる

みづ色のガラスの器やや曇り鬱鬱とわれに梅
雨の日つづく

はじかみ

時計屋の時計おほよそ止まりゐていまを刻まんその時を待つ

どちらともつかぬ応へをよきやうに解釈されて流布さるるとぞ

ほどほどに生きよと言はれ差し当たりわれの
ほどほど如何なるものか

ことごとく赦してそして赦されて安らかなれ
る終迎へたし

生ぐさき口をいとひて添へもののはじかみ噛
めば息軽くなる

おのづから窪みにみづは集まりて秋の干潟に
ひかりを返す

海光

亡き父のこゑ亡き母の笑顔など過去世のごとくおもふことあり

秋光はゆゑなくこころ和ましむ蝶にあそばれ猫ゐることも

先だちてゆきたる人が鰐口を打つ音きこゆ御
寺の道に

窓外の不意にひかりて夕空の崩るるごとくい
かづちが鳴る

疾風の過ぐる折折もみ合ひてもみぢ明るく街
路あかるし

飲みきりの薬なりしがいくばくか癒えて胃薬《ゐやく》の服用忘る

実体のなきとどろきにやや遅れ地下駅にいま電車入りくる

雨やみてほどなき空の淡青《たんじやう》の断片見つつ往来をゆく

鳥海山五合目に来て沖合の島のむかうの海光
を見つ

三十年前と変はらずパンを焼く店の健在見て
通りすぐ

火照るみ骨

かたまりて走りゐたりし若きらが時の遅速に
ほどけはじむる

留守の間に残ししゆゑに愛想なき声と思ひて
人は聞かんか

うなづきて聞きつつをればいつしかに味方の
側に組み込まれゆく

半生をまなこ代はりになじみたる白色の杖棺
に納む

あきらめのこころにはかに定まりて火照るみ
骨を人らが拾ふ

地下駅にこもるカレーの辛き香も君を悲しむ
よすがと言はん

ことごとく未完のままに終りゆく人といふこ
の愛しきものよ

死後の世のあるかなきかを教へんと言ひゐし
父のいまだ来たらず

牀上にからだをのべて湯あがりのほてりを覚ますに日頃となりぬ

死者生者けぢめなくして暁の夢に睦みて言葉をかはす

大祥につどふを見れば移ろへる時間は人をはるかならしむ

# 本音

たはむれに声を放てば暈もちておぼろなるこ
ゑ井戸より返る

時を待つかたちあらはに浜畑の菊にあまたの
蕾がこぞる

まるき背に力あつめて野の猫が水ひかる堰飛び越えんとす

夜ふけてかがやく秋の星群のいづれが父かいづれが母か

真昼間の法事の斎《とき》に飲む酒のうしろめたさを口ぐちに言ふ

冬眠をまへに食ふものなき熊の危険を告げて
広報車来る

自動ドアひらく直前ガラス戸に映るおのれの
身なり確かむ

うつし世の切実なればいつよりか来世願へる
こころを持たず

即身仏などと祀られ地に還ること宥されぬも
のをあはれむ

人づてと前置きされてそれとなく本音を聞く
はおもしろからず

餃子

境界をいさかふ畑もひろびろとただたひらなる雪野となりぬ

ともに来てここに睦みし人と犬雪のおもてにその跡のこる

咲きいでてふたたび増えし真椿のかへり花とふさまにも見えず

つづまりは解けて果てんに三月の林の雪に深浅のあり

六十歳越えて五十の肩といふ医師の言葉はよろこぶべきか

舌かばふことなく嚙みし餃子より汁溢れ出て
はふはふと食ふ

きのふより濃き口紅をひきしとふ妻よ悪いが
われは分からず

屋内の夜のプールは人去りて湛ふるみづの平
らぎゐんか

春のあめ

雪国は春こそよけれ蕗味噌を食ひ楤の芽の天麩羅を食ふ

朽ちかけていくつ残れる木蓮の花をあふぎて青空を見つ

いち早く芽吹きてみどり目にたてる柳は街のそこここにある

貨車過ぎてふたたびわれのめぐりには春のあめ降るやさしき音す

町いくつ越えて電車に過ぐるときどの学校も咲く桜あり

正夢のごとくに言ひて連れ合ひがとりとめのなき夢をよろこぶ

マスクにて隠れる顔の半分はよそはずに妻買ひ物に行く

総菜を買ふ妻待てば道に差す西日ぬくとし菜の花過ぎて

談笑の途切れしほんのつかの間のこころむくとき雨の音する

雨の音木木さやぐ音どちらとも分かちなきまま眠りしわれか

夏の畑

枝移る鳥のあらはに見えゐしが若葉しげりて
この頃は見ず

庭園の躑躅は咲きてくれなゐにおのづからな
る強弱のあり

梅雨ちかき日日なればかく外壁の仕事急ぎて
家建つるらし

灯台の灯にあらはれて降る雨の一瞬にしてま
た闇にふる

老ひとり住む家のまへ箱植の草木みだれて梅
雨に打たるる

うす雲の流れつつゐて街上にあふぐ文月の星
のおぼめく

竹林のなかにひともと立つ杉の深き緑はわが
非のごとし

植ゑしもの植ゑざりしもののまじりゐて夏の畑
は緑みなぎる

おもふさま夕立降りていつときに冷ゆる道より
たつ土の香は

音

かたはらを走り過ぎたる自動車のある区切り
より音ともなはず

いつぽんの黒土の畝あらはれて夏畑の菜の収
穫すすむ

物音の範囲一気にせばまりて夕ぐれの雨叩く
ごと降る

音たてて雨降る中にひびくゆゑ大梵鐘の音な
がからず

おそろしきこととしもなく夜夜に睡りいざな
ふ錠剤を飲む

みどり児の感情あらはなる声はいまだに言葉
持たざるゆゑか

ガード下にもの食ふ人ら轟きて過ぐる電車を
気に留《と》むるなし

ここよりは人見えざれど波立てるプールをバ
スの中に見て過ぐ

昼食に食ひたる蕎麦の葱の香がマスクにおほふ口中に満つ

鳥海山

亡きものはここに集へといふばかり八月の海
照らす月光《げつくわう》

それとなく爪あててよりきぞの夜虻に刺され
し跡痒くなる

日に幾度シャワーに膚洗《はだへ》ふなど暑気に抗ふこ
とも果敢なし

何ゆゑとなく思ひ出でてみづからのひと世の
始末連れ合ひに言ふ

視力なき人をみちびくわらべ唄口にまねびて
交差路わたる

二度三度あざむかれしが角おほき路地にも慣れてパン屋へと着く

昼酒ははやくまはると言ふ友の傍へにわれは新蕎麦すする

勝敗にかかはりのなきピッチャーの打たるるを観て映像を消す

芙蓉花の花群しろく暮れのこり亡き人立ちて
ゐるごとく見ゆ

乗り合ひてたまたま聞けば女生徒の話にしげ
くS君が出る

秋空にたつ鳥海山いつさいの計らひすててた
だ仰ぐべし

## 今生の恩

わがからだとどこほりなく動きゐるこの幸ひをいつか思はん

おほよそのゆくすゑみえて妻子らのための保険をわれに掛け替ふ

朝咲きて昼にはしぼむあさがほの花には花の
時間あるらし

音たかく湖上にひらく大花火つぎつぎにして
闇にあらがふ

大杉の折れてひかりの差す庭の草取り増えて
わが夏は過ぐ

乱れなきすがたに終を迎へんと矯正歯科の治
療続くる

誤診などあるはずはなし裡ふかくひそむ病を
まづ受け容れん

残さるる時間おほよそ知り得れば為すべきこ
とに順番をおく

ささきのことは思はず考へずまづは妻子の
すゑを祈らん

悲しみの溜息つきてゐし妻のやうやくにして
寝息ととのふ

約束のいまだ果たせぬ旅いくつ妻に詫ぶれば
もういいよとふ

みづからのいのちの時間知り得たるこの幸運
は活かさねばならぬ

事なさず過ごす時間を愚かしくおもふは病拾
ひし日より

われ逝きしのちの妻子のにちにちに思ひおよ
べど詮かたあらず

亡きのちの顔は人には見せるまじきつく子に
言ひ妻に言ひおく

何よりも先に棺の釘打てと子に言へば妻こゑ
ひくく泣く

病院のあからさまなる地域差をネットに知り
て驚くわれは

妻子らの献身あつき今生の恩は後世にて返すよりなし

偶然のかさなりのみに時逝きてすべなく人はうつつ終へんか

これの世のなごりは尽きず野の鳥が椿のはなの蜜吸ひて去る

## 金の時

ひと世にも貸借ありて罪おほきわれゆゑ六十
半ばに病むか

レントゲン撮る手間ひとつはぶかんとボタン
なき服着て家を出づ

ひとつづつ望み断たるるおもひして検査に検
査重ぬる日日ぞ

小出しせる検査結果にあらかじめわが導きし
病名ひとつ

拾ひこし仔猫そだてて七年か先なるつひは思
はずに来し

付き添ひの妻と取留めなき話かはして金《きん》の時をかみしむ

連れ立ちて外出するを訝しむ妻よあなたが誇らしきゆゑ

いつさいの難儀押しつけすまないが息子よ君に託すよりなし

亡き父に教はらざりしこと幾つ子が学べぬは
わが罪にして

今生にかかはりし人かへりみて少なからねど
多くもあらず

十年を単位に数へゐしいのちいまは一年単位
にかぞふ

一年か二年あるいは三年か一年の差はわれに
由由しき

一年の単位がいづれ月になり日になりいのち
果てなんわれか

呆けゆくまへにうつし世離るるはかねてより
わが願ひゐしこと

未来とふものあるならば丁寧にたぐりてひと
日ひと日を生きん

購読の会費切れしはそのままにわれにひと世
の覚悟定まる

運のよき除外例など思はずにまづはおのれの
終に対き合へ

罹患率二分の一の片方に選ばれ癌を病む身と
なりぬ

五年後の生存率の五割なきいのちとなりてい
のちこよなし

あと五年あらばおのれの後始末終へて未練の
残らんものを

喫煙をせず酒飲まず胸病むは自然現象と言ふよりはなし

病名を聞きし娘のおどろきののちの沈黙受話器に聞ゆ

寝違ひの首痛きさへ病状のひとつと思ふやまひ得てより

米好きのわれ亡きのちに炊く米の量を思ひて
妻をぞおもふ

しやつくり

年老いて乏しきものら棲む村はすべなく果てて野に還らんか

朝の霧昼におよべば植込みのつげの繁みの土さへ濡るる

いくばくか生存率のよきデーター読みてこの
夜の気休めを得つ

互みなる思ひ出にしてわれ逝きしのちは淋し
く妻に残らん

この次とおもひて待てば遅く来し人が診察室
に呼ばるる

変化なき画像は癌を抑へゐる証と医師がなぐさめを言ふ

投薬の副作用なるしやつくりを詫びて歯科医の治療を受くる

ひといきに最晩年を迎へしと思へどけふも怠けて過ごす

折折にこころ楽しき時ありておほよそは人の
うへを離るる
かすかなる雨とおもへど日もすがら降りて路
傍の雪くれも消ゆ

## 麻酔

付き添ひの者を許さぬコロナ禍の手術にひとり耐へねばならず

命終の覚悟を問へる同意書にわが名を記す十枚ばかり

麻酔より覚めつつありてうつしみにこころに
形よみがへりくる

手術後の意識おぼろに過ぎゆけば区切りなき
ままいちにち終る

血栓を防がんすべに手術後のほぼ意識なきわ
れを歩かしむ

点滴の液数へゐて五十より先分からぬは眠りたるらし

水槽のごとき音する呼吸機に息助けられ術後を耐ふる

モルヒネのいまも残れば現実の裏側にゐるごとき半日

手術痕痛めばからだ丸くして胎児いたはるごとくに眠る

左肺うへ半分を除きたる闇にただよひゐるものは何

痛みにて出でくる汗は脂濃く生の苦渋といふよりはなし

経験のなき痛みにてあるときは痛みにわれの
意識途切るる

苦しみを引きはがすごと二日寝てかたき身体
をベッドに起こす

挿管にのど傷つきて朝食の五分粥さへもひり
ひりと染む

四棟の看護師不足言ひながら医師とおぼしき
人らが過ぎつ

窓外にスコップ使ふ人のゐてすこやかげなる
音は身に沁む

みづからの憎忘るまじ病院にゐて四九日《しくにち》の浄《じやう》
髪《はつ》をする

消灯ののちはざわめき治まりていくつの計器ひびく病棟

スリッパをはきて病棟ゆく人の足重ければ足音ながし

五年日記

たひらがぬ日日とおもへど来し方にたはやすかりしときなどありや

逆縁にあはざりしわがさきはひを思へ他なる望みは持つな

父逝きて母逝きてつぎにわれが逝く齢《よはひ》の順の
幸運おもへ

子どもらにさしたる荷重かけざるを思ひてこ
ころ慰めを得つ

冷たいが痛いにかはり手術痕手にかばひつつ
風のなかゆく

もう二十日いまだに二十日手術痕痛めばどち
らともなく思ふ

肺癌をたとへて言へばかけつこの息苦しさが
いちにち続く

今のみの存在なればみづからの過去かへりみ
ず未来思はず

療養を続くる友にわがやまひ告ぐればからだ
乗り出して聞く

生き急ぐわれとぞひとは思はんか時に休めと
けふも言はるる

わが生に関はりありやまたなしや五年日記を
妻書きはじむ

われの植ゑし三尺の枇杷のちの世のあまたなる実は鳥いざなはん

三尺の枇杷に結ばんつぶら実はわれのひと世に見尽くせぬもの

病院の帰りといへど外にゐて飯食へばどこか遊びのごとし

不義理して過ごせば楽といふ老の言葉を病み
てうべなふわれは

ねんごろに賓頭盧の胸さすりたる功徳ある手
にわが胸を撫づ

槻の木

いくばくか堅めに茹でて筍の歯にあらがへる味噌煮は旨し

七曜をへだててめぐる公園にけふ新しく朱の躑躅咲く

羽織りもの軽くうつしみ軽やかに初夏の風吹く街を帰り来

おのづから若葉ほどけて槻の木はこゑやはらかく風をむかふる

木木の間を通へるもののあるらしくときに若葉がひかりてそよぐ

槻の木は若葉そろひて姿なき鳥の楽しきさへづり聞ゆ

公園の空よりくだり来し鳩が木立の影にその影仕舞ふ

公園の芝のたひらにわが立ちていづくともなしアカシアの香は

槻若葉おほへる道のここよりはふた分かれし
てこころいざなふ

## 名刺

いつよりか諦むること多くなり成すべきことの残世より減る

閲歴を問はるることも問ふこともなくて旧知と飲む酒は良し

合の手と言ひつつ香りたつ蕎麦を啜りて友は冷酒を飲む

おのおのの言葉ひとつに重なりて意味なき響き駅内に満つ

内の腑の位置なぞらへる靴下を履きて幾度も足裏を押す

トンネルを出でてつかの間見えゐしが貨物車
はまたトンネルに消ゆ

その姿見えねどおもて掃きゐるををみなの音
と思ふやさしさ

わが罪の証のごとし夫婦愛あふるるドラマ妻
はよろこぶ

幸せに終るドラマを妻は観ておのれの日日を
補へるらし

たまたまに言葉交はせばわがこゑに父を重ね
て老なつかしむ

さきかたの留守に内心安堵して名刺一葉置き
て帰り来

街路樹の葉群さわぐはいかづちの近づくけはい気取りゐるらし

## 年金

診察のまへの手間にてわが名前振り換へられし数字確かむ

わが名前数字に換へて診察のけふは２０の８と呼ばるる

さまざまに病む人をりて薬局の椅子にからだを寄せあひて待つ

投薬のためにひと日を費やすも病みて詮なきこととあきらむ

副作用つよきは効をもたらすの言葉信じて一句を耐ふ

わづかなる年金さへも繰り上げて受給するな
どかつて思はず

このたびはさほど会へぬと思はんかコロナ禍
のなか子が帰郷する

五年後の生存率の四割をよろこぶ勿れ六割は
死ぬ

再発の人らもなべて含みたる四割なれば希望は持つな

相殺ののちも良きことあまたなるわれのひと世を妻に感謝す

## 過誤

職分のために言葉を慎みしかの日の過誤は悔ゆるよりなし

ことごとく団欒満ちてゐるさまに雪降る街の家群灯る

灯油代節約せんと夜早く寝て朝おそき老の日
日とぞ

雪靄のはれて形態あらはなる山のはざ間の村
重からず

待ちてまつ幸にあらねど寺庭にひらきし梅の
花の香に遇ふ

つつしみのふかき振舞ひうつくしくカップの
臙脂《べに》を指先に拭く

いつよりかみどりに萌えて楊《やう》柳《りう》は枝重たげに
はやちに揺るる

シャンパン

朝の潮かへりてあらはなる砂洲のめぐみ受け
んと千鳥が群るる

乾杯に飲みたる甘きシャンパンがゆつくりと
わが頬照らしそむ

家建つる過程に屋根の瓦葺き春強く吹く風に
備ふる

一年の闇を抜けきてふつふつと花咲きいづる
苑の桜は

いづくともなく散りいでて葉桜のめぐりにし
ろき花びらが飛ぶ

間接のひかりなれども手鏡に曲りて壁に差す
日あかるし

年古りて木組かわける法堂《はったう》に今なほ柱はじけ
る音す

## 法話

声掛くることを宥さぬしづけさにわれの傍へに連れ合ひ眠る

つつましき通夜の法話に悲しみのこころ癒えしとその妻が言ふ

動不動分けへだてなく街上のものらは夕べ影
ながく曳く

振り向きてみたき衝動起るまで香りかぐはし
き人と行き交ふ

カーテンを閉ざして高さうしなへる高層二十
二階に眠る

音もなく降りゐし雨がいかづちを合図に夕べ
さわがしく降る

沖合の海面をひくく照らしつつ昼夜さかひの
日が沈みゆく

# 後記

『淡黄』は私の第五歌集である。歌集を纏めるのはもう少し先のことと思っていたが、この春に出版した、先師、川島喜代詩の第一歌集『波動』（現代短歌社刊・文庫版）のゲラ刷りを繰り返し読みながら、無性に歌集を作りたくなり仕上げた一冊だ。

昨年、私は病を得た。命に係わる深刻なもので、今も手術後の投薬治療を続けている。色々な副作用があり、以前の生活レベルを保つことは難しいが、それによって見える景色もあった。

病気により、自分が消えてゆくという事実が現実味を帯び、死に備える心構えが出来た。また死の意味を自覚することで、生に対する考え方も変わった。どのように気持に区切りをつけて立ち直っていくか、考えることは得難い経験であったし、「大切なのはこれから」と思うようにもなった。

歌集の後半に到って病気の歌が多くなる。おのれを忘れて取り乱してしまった感じの歌であるが、まさしくその時の景色と言っていい。読者の立場にすれば、病気の歌など楽しかろうはずもないがお許しいただきたい。

歌集を編むに当たっては現代短歌社にお願いをした。代表の真野少氏はとても優秀な編集者であり、この度も多くのアドバイスをいただいた。心より感謝したい。装幀は前著『川島喜代詩の添削』でお世話になった間村俊一氏にお願いをした。中身の乏しさを装幀で補ってもらおうという邪な魂胆を承知の上で労を取っていただいたことに感謝申し上げたい。併せて「運河」の仲間や地元にあって私を支えてくれる友人達にも御礼を申し上げる。

山中律雄

令和四年六月一日

新運河叢書第十八篇

歌集　淡黄

二〇二二年九月十七日　第一刷発行

著者　山中律雄

発行人　真野　少
発行所　現代短歌社
〒六〇四-八二一二
京都市中京区六角町三五七-四
三本木書院内
電話　〇七五-二五六-八八七二

装幀　間村俊一
印刷　創栄図書印刷
定価　三三〇〇円（税込）

©Ritsuyu Yamanaka 2022 Printed in Japan
ISBN978-4-86534-401-1 C0092 ¥3000E